나는 걱정을
먹어주는
우주먼지야!

일러두기

이 책은 우주먼지식 맞춤법을 따랐습니다.

나는 걱정을 먹어주는 우주먼지야!

21세기북스

21세기의 어느 날, 인간들의 걱정이 불어나 지구를 가득 채웠다.
지구의 허용치를 넘은 인간들의 걱정은
머나먼 우주 이름 모를 은하계로 흘러가
알 수 없는 유기체와 결합해 생명을 얻게 되는데….
마치 공룡의 모습처럼 진화한 그들의 이름은 '우주먼지'.

인간들의 걱정을 먹어야만 살아갈 수 있는 그들은
효율적인 식량 공급을 위해 직접 지구로 향하기 시작하는데….

인간에게 기생하며 걱정을 털어가는 그들,
이내 스스로를 수호공룡이라 생각하기 시작한다.
그렇게 수호공룡 우주먼지와 인간들의 기묘한 공생이 시작된다.

치직…

치직…

거기…

들리나?

6

이 책을
집어 든
당신

이제
우주먼지의 수호가
당신과 함께합니다.

걱정은 곧
사라지고

행운이
함께할 것입니다.

안녕! 지구먼지!
만나서 반가워.

나는 행복한 공룡 팡이라고 해.
우리는 아주 쪼만한 별에서 왔어.
인간들의 온갖 걱정거리를 먹고 살지.

우주에 둥둥 떠다니는 걱정만으로는 먹고살기가
팍팍하더라고. 그래서 직접 이곳으로 내려왔어.

마음대로 되지 않는 일 때문에 답답하다고?
신경 쓰이는 누군가가 있어 잠 못 이룬다고?
막연한 미래에 한숨만 푹푹 나온다고?

그런 마음은 모두 내게 주고 오늘은 푹 쉬길 바라.

지구먼지가 나에게 걱정을 주면,
나는 지구먼지에게 힘을 줄게.
우리는 앞으로 함께 행복해질 거야.

수호공룡인 내가 너의 곁에 있으니까.

– 너의 수호공룡, 팡이가

수호공룡 쪼만한사우르스

홍 Hong
억울함을 먹어요

망 Mang
걱정을 먹어요

롱 Ryong
외로움을 먹어요

뭉 Myong
두려움을 먹어요

팡 Pang
악몽을 먹어요

탕 Tang
상처를 먹어요

낭 Nang
나쁜기억을 먹어요

수호공룡 쪼만한 사우르스

담 Dam
속상함을 먹어요

맘 Mam
불면증을 먹어요

밤 Bam
고민을 먹어요

람 Ram
불안함을 먹어요

냠냠

사라지지 않는 걱정과 고민으로 힘들 때가 있지?
이제부터 걱정이나 고민은 내가 책임질게.
네가 힘든 순간을 떠올릴 때마다
내가 걱정과 고민을 먹어치울게!

지구먼지! 만나서 반가워.
널 좀 더 알고 싶어

🦋 너는 누구야?

🍀 내가 불러줬으면 하는 이름을 알려줘! 별명이나 애칭도 좋아!

🍓 네 별자리가 궁금해! 내가 살던 곳 근처일 수도?

🌷 요즘 가장 열심히 하는 건 뭐야?

☁️ 쉴 때는 뭐 해? 그 시간에 너와 함께해도 될까?

지금 너에게는 어떤 공룡이 필요해?

🌱 꼭 사라졌으면 하는 걱정이 있어?

🍀 걱정과 고민을 모두 적어봐. 나랑 하나씩 지워나가자!

차례

`02` 너를 좋아해

POSITIVE ENERGY

03 힘든 세상- 그냥 살아봅시다

POSITIVE
ENERGY

01

네 생각보다
잘하고 있어

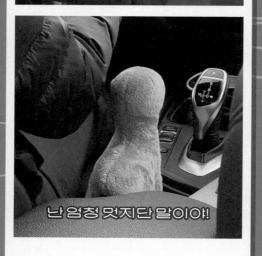

petty_dust

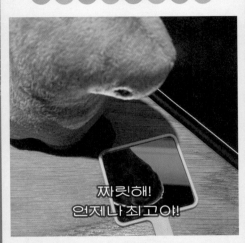

짜릿해!
언제나 최고야!

그러니까 외쳐!
내가 멋지다고 외치라고!

petty_dust

너도 그렇게 생각해?

다른 사람에게 인정받는 게 중요해?
혹시 너무 많은 사람을 신경 쓰며 살고 있지는 않니?
결국 자신에게는 인정받지 못하면서 말이야.
그저 스스로에게 자주 멋지다고 해주자.
정말 멋진 내가 될 수 있을 때까지.

내가 최고야

잘난 척하면 어때? 조금 꼴사나우면 어때?
내가 행복하면 그만 아냐? 당당하게 외쳐봐.
내가 최고야! 난 잘하고 있어!

정말 미안해

미안한 일이 너무 많을 땐 말이야.
그냥 조금 뻔뻔해지는 건 어떨까?
세상에는 신경 쓸 일이 너무 많잖아.
오늘만큼은 스스로의 귀여움에 흠뻑 빠져봐!

나는 깨달았어.

사실 나는 귀여운
존재라는걸….

혹시… 미쳐버린 걸까…?

주체할 수가 없어…!
나를 사랑하는 걸!

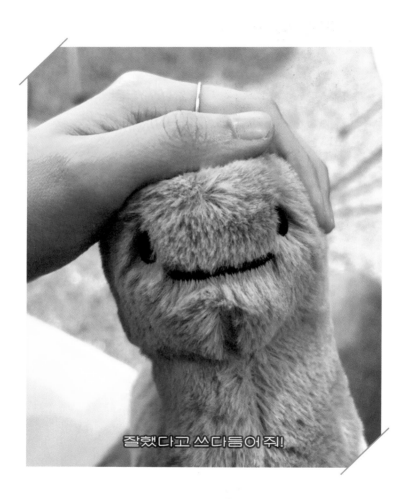

잘했다고 쓰다듬어 줘!

쓰담쓰담

혹시 귀여운 거 좋아해?

강아지나 고양이를 쓰다듬을 때,

문득 나도 누군가에게

이렇게 사랑스러웠을까 하는 마음이 들 때가 있어?

엄마가 어린아이를 토닥이는 것처럼 말이야.

이제는 실수하면 누군가에게 등짝을 맞겠지!

조금 서글프지만 어쩌겠어.

다 큰 어른이 귀여워해 달라고 용쓸 수는 없으니.

그러니 오늘만큼은 스스로를 귀엽게 여겨보는 거야.

당당하게 외치자!

오늘은 내가 귀여움 담당이라고!

그렇지만 말입니다.

가끔은 다른 사람을 연기하는
기분이 들기도 하지.

나 혹시 긴장했니?

더 멋져 보이고 싶어

스스로가 부족한 것 같아서
더 대단한 사람인 것처럼 꾸며낸 적 있어?
나도 자신감 넘치는 공룡인 것처럼
캬오오옥 무서운 소리를 내보기도 했는데
지구먼지도 알잖아. 난 아주 쪼그만 거!
아무리 거대한 공룡인 것처럼 연기해도
나는 나더라고. 뀨-★
그런데 말이야.
네가 이런 내 모습을 좋아해준다면
나도 있는 모습 그대로의 나를 좋아할 수 있을 것 같아.
세상에서 제일 멋지고 대단한 공룡이 아니어도,
내 귀여운 울음소리 좋아해줄 거지?

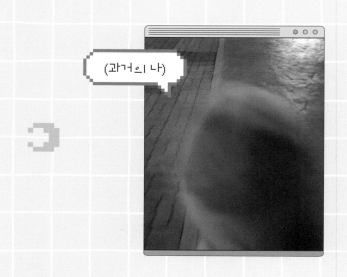

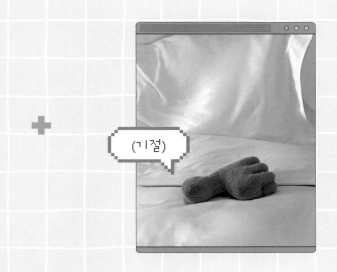

(기절)

그러지마요
날찾지마요

가끔 쥐구멍에
들어가고 싶은 기분

가끔은 말이야. 자신이 너무 싫을 때가 있지?
이렇게 저렇게 잘해보려고 노력해도
안 좋은 기억은 하나씩 꼭 쌓이기 마련이라,
가끔은 나도 모르게 외마디 소리를 지르게 돼.
"으악!" 하면서 이불을 찰 때도 있고 말이야.
과거의 나는 왜 미래의 나보다 바보인 걸까?
그럴 때면 꼭 후회를 길게 길게 달고
달팽이처럼 힘겹게 걸어가는 기분이야.

흑역사를 떠올리면

🐛 과거의 나, 왜 그랬을까!
떠올리기만 해도 휙휙 지워버리고 싶은 흑역사가 있어?

♣ 시간을 돌린다면 어떻게 행동할래?
구체적으로 써보자. 다음에는 진짜 그렇게 행동할 수 있도록!

말시키지 말아주세요,

잠시 혼자 있겠습니다,

포기하면 편해

지구먼지는 힘들 때 어떻게 마음을 달래?
힘든 순간을 견디는 방법은 사람마다 달라.
베개에 얼굴을 묻고 소리를 지르는 사람도 있고
누워서 하루를 보내는 사람도 있어.
어떤 사람은 일기장을 욕으로 도배하더라고.
사실 어떤 방법도 그렇게 효과가 있어 보이지는 않아.
일어날 일은 일어나기 마련이고 시간은 되돌릴 수 없으니까.

그래서 뭐 어쩌라는 거냐고?

답은 간단해!

'이런 사람이 되어야 하는데'라는 생각을 잠시 내려놓는 거야.

세상에 고민과 불안 없는 완벽한 사람만 있다면

우리 우주먼지들은 벌써 배고파서 굶어 죽었을 거야!

모두 걱정하고 고민하며 살아가고 있어.

어차피 도토리 키 재기라면,

조금이라도 더 즐겁게 사는 게 현명할지도 몰라.

가끔은 뻔뻔하게 사는 것도 훌륭한 생존 전략일 수 있어.

그러니 고민은 미루고 즐겁게 사는 법부터 찾아보자.

뭐부터 하지?

일단 맛있는 것부터 먹을까?

맛있는 것, 인생의 진리인 것. 푸헤헹

불안할 때 정신 차리는 법

안녕! 너에게 멋진 생존전략을 알려줄 낭이야!

나는 나쁜 기억을 주로 먹고 살아!

나쁜 기억을 순식간에 털어낼 꿀팁을 알려주지!

먼저 숨을 깊게 들이마시고, 늠름하게 "낭! 낭!" 내뱉는 거야.

그럼 내가 너의 불안함을 먹으러 출동할 거거든!

이거 생각보다 효과가 아주 좋다고!

뭐? 그런데도 불안감이 가시지 않는다고?

그렇다면 방 청소를 해보는 건 어떨까?

방을 둘러보고 정리할 구역을 나눠봐!

책상 정리, 침구 정리, 화장대 정리가 하나씩 끝날 때마다

불안이 사라질 거라고 생각해보는 거야!

묵은 먼지를 털어내듯 싹싹 치워보자고!

힘들었던 기억을 지워보자!

널 힘들게 하는 기억이 있니?

내가 먹어줬으면 하는 감정을 알려줘!

이런저런 일 때문에
속상해하지 말자고.
어차피 내일도 똑같아. 후후 농담이야.

그냥 뻔뻔하게 살아!

자랑스러워

누구보다 자신을 먼저 믿어봐.
다른 사람의 의견을 묻기 전에
마음의 소리에 귀를 기울여보자.
그리고 그 순간의 너를 믿어.

나만 봐

자신감이 넘치는 친구가 싫어서 나쁜 말을 한 적 있어?
정말 멋진 건 남을 깎아내리는 게 아니라
자신이 멋지다고 생각하는 마음이 아닐까?
남이 아닌 나를 보고 꿋꿋하게 당당하게 걸어가자.

지금

네가 얼마나 소중한 존재인지 생각해 본 적 있어?
뭐? 널 그렇게 생각하는 사람이 없는 것 같다고?
저런, 유감이네.
가끔 삶은 누군가에게 더 가혹한 거 같아.
내가 정말 힘들 때 내게 등 돌린 사람들,
그 모습을 보면서 몰래 울었던 적도 많았어.
그래서 그런가, 나는 종종 생각해.
누군가가 꼭 곁에 있어야 하나?
언젠가 반드시 나를 사랑하는 사람이 나타난다지만,
언제까지 불확실한 미래를 바라보고 있겠어?
소중한 내 편, 있으면 좋고 없어도 그만이지.
미래의 내 곁에 누가 있을지 아무도 모르지만,
그때까지 나는 혼자서도 행복할 수 있으면 돼.
지금, 여기에 있는 나를 사랑하면 돼.

괜찮다고 말할 것

사람들은 참 신기해.

자신에게 상처 주는 말을 너무 쉽게 내뱉잖아.

나는 바보야. 나는 쓰레기야.

자신을 자책하고 미워하는 방법을 너무 잘 알더라.

그렇다면 나를 좋아하는 방법은?

스스로를 최고로 만드는 말이 뭔지 생각해본 적 있어?

함께 찾아보자.

내가 곁에 있을게.

너의 기분이 눈 녹듯 사르르 녹을 때까지.

성장통

무릎이 시렸던 만큼
지나고 보면 조금씩 자라 있었어.
딱 그만큼씩, 조금씩 이겨내자.
작은 마음이 무럭무럭 자라도록.

아, 날씨 좋다.

인생 별거 있니?
그냥 살아!
우리는 잠시 살다가는 먼지들이잖아.

러브 마이셀프?

🌱 마지막으로 스스로를 사랑한다고 느낀 건 언제야?
질문이 너무 어렵나?
그럼 하루 중 가장 편안한 시간이 언제야?
나는 멍하게 햇빛 쬐기, 새벽에 핸드폰 보기를 좋아해.
네가 사랑하는 삶의 순간을 알려줘.

평범하고도 특별한

왜 그렇게 잠 못 들고 있어?

뭐? 네가 특별한 사람인 줄 알았는데 아닌 것 같다고?

그래. 나도 그랬어.

난 내가 대단한 공룡인 줄 알았어.

뭐든 다 할 수 있고 어디든 갈 수 있다고 생각했어.

지금쯤이면 엄청 커다란 공룡이 돼 있을 줄 알았지.

영화에 나오는 그런 공룡 있잖아.

누가 봐도 특별한, 다른 공룡과는 다른 유일무이한 존재!

하지만 난 그냥 작고 귀여운 수호공룡이 됐지.

게다가 걱정이 없으면 살아갈 수 없는걸.

하지만 내가 평범한 공룡이라고는 생각 안 해.

왜냐하면 나는 널 만났거든. 너의 수호공룡이 됐거든.

특별하다는 건 그런 게 아닐까?

겉모습이나 재능, 부나 명예 이런 거 말고

그냥 사는 거.

함께 시간을 보내는 거.

서로의 애정과 그 속에 피어나는 추억을 곱씹는 거.

그 모든 순간이 특별하달까?

넌 내게 특별한 사람이야, 지구먼지.

내가 지켜주고 싶은 단 한 명의 사람이지.

어때? 너는 너에게 얼마나 특별한 사람이야?

나는 이 세상에 내려와

작고 귀여운 너를 만났어.

나만의 특별함

🐛 특별하다는 건 뭘까? 너의 특별한 점은 뭐야?
　　나는 작은 생명의 소중함을 아는 사람이다!
　　이런 사소한 거라도 좋아.

🍀 그럼, 너의 가장 특별한 기억은 뭐야?
　　앞으로 어떻게 특별해지고 싶은지도 알려줘.

너는 뭐랄까? 특별해.

널 못 믿겠다고? 그럼 날 믿어.
특별한 내가 널 알아봤으니까.

난 항상 네 곁에 있어,
잊지 말라고!

왜 이렇게 예뻐?

오늘 하루 가장 많이 한 말이 뭐야?
배고파, 심심해, 뭐 재밌는 거 없을까, 피곤해, 힘들어 등등.
그중 스스로에게 해준 따스한 말은 뭐가 있을까?
놀랍게도 단 한마디도 없을 수도 있어.
가끔은 자신에게 말을 걸어보는 건 어때?
예쁘다, 잘했다, 좋았어, 멋져, 최고야!
그 어떤 최고의 순간보다 가장 기억에 남아
너에게 힘이 되어줄 거야.

너무너무 속상할 때

안녕! 난 너의 억울함을 먹어주는 홍이야! 홍홍

뭐? 누가 너를 오해해서 속상하다고? 너무너무 억울하다고?

그렇다면 말이야. 너도 못되게 굴어! 뭐 어때!

너한테 나쁘게 대하는 사람한테 잘해줄 필요 없다고!

아, 아직 그 정도 깡은 없다고?!

그럼 코노에 가서 크게 외쳐보는 건 어때?

신나고 흥겨운 노래에 이름도 넣고 욕도 넣고!

개사해서 불러보는 거야! 잔뜩 흉을 보라고!

그렇게 실컷 소리 지르면 어느새 스트레스가 사라져 있을걸?

코노가 부끄럽다면 욕실을 추천해!

샤워하면서 고래고래 소리를 지르는 거야!

마음에 꾹꾹 눌러 담으니까 더 억울하고 속상한 거라고!

속상한 마음을 없애보자!

최근에 가장 속상한 일은 뭐였어? 나한테 털어놔!

내가 그 녀석 꿈에 찾아가서 대신 욕해주고 올게!
어떤 악몽을 주면 좋겠어?

또 같은 상황에 처한다면 어떻게 말해줄까
정리해보는 것도 괜찮겠지?

89

엄청나게, 열나게, 벚꽃나게, 좋아해!
너도야? 나도 나를 사랑해!

겁먹지 마

다 괜찮아, 지구먼지!
왜냐하면 지구먼지, 넌 혼자가 아니니까.
네 곁에는 내가 있으니까.
너만의 수호공룡이 네 곁에 머무를 거니까.

소원을 들어줘!

항상 기도해.

모두 잘되게 해주세요.

그런데 그중에서 내가 제일 잘되게 해주세요!

이 정도 소원쯤은 괜찮잖아?

나를 사랑하는 방법이 도대체 뭘까?
언젠가부터 머릿속을 떠나지 않는 질문이었어.

다들 자신을 사랑하고 아끼면서 살아가는데
나만 그 답을 찾지 못한 것 같아서 불안했거든.

사실 아직도 길을 잃은 기분이 들 때가 있어.

하지만 계속 그 답을 찾아보려고 해.

어쩌면 나를 사랑하는 방법을 찾는 이 시간이,
불확실한 이 여정이 사랑 그 자체일지도 모르니까.

02

너를 좋아해

자기야 들려?

우리 헤어지자.

petty_dust

무더운 여름이었다★

지구먼지…
사랑이 뭐라고 생각해?

petty_dust

궁금한 거 있어

왜 사람들은 사랑을 꿈꾸고 영원을 말하는 걸까.
왜 어떤 사람은 모든 이유가 되는 걸까.
왜 내 삶은 너 하나만으로 꼭 차는 걸까.

그냥

'그냥'은 참 이상한 말 같아.
그냥 전화했어. 목소리 듣고 싶어서.
그냥 왔어. 얼굴 보고 싶어서.
참 어렵다. 그냥의 마음.

자꾸 신경 쓰여

누군가를 무척 좋아해본 적 있어?

어떤 사람이 그러더라.

분명 처음 봤을 때는 그냥저냥 별생각 없었는데

언제부터인가 그 사람이 계속 신경 쓰이더래.

마주치면 어색하게 행동하게 되고 말이야.

눈이 아니라 피부까지 그 사람에게 반응하더래!

온 신경이 한 사람에게로 쏠리는 마음,

생각만 해도 한숨이 나오는 마음,

이런 게 사랑인 걸까?

어디에서나 너를 발견하지,

후, 먼생…
쉽지 않다…,

추억은 방울방울!

그냥 불러봤어

누군가의 이름을 부르기가 너무 아깝다는 생각이 든 적 있니?
머뭇거리며 입안에 이름을 머금고만 있을 때,
반대로 마음은 점점 부풀어 오르는 거 같아.
속 시원히 그 이름을 부르지 못하는 이유는
나도 잘 모르는 이 어수선한 마음을
혹여나 들킬까 봐 두려워서겠지.

하지만 끝까지 숨긴다고 숨겨지겠어?

나도 모르게 내쉰 한숨처럼,

너의 마음은 결국 조금씩 그에게로 흘러가게 될 거야.

머금고만 있던 그의 이름도 빈번히 삐져나오게 될 거야.

마음을 다잡고 나지막이 그의 이름을 불렀을 때,

돌아보는 그에게 너는 머쓱해하면서 말하게 되는 거야.

그냥,

그냥 불러봤어.

아침에 일어나도 생각나는 건

그건 사랑이야, 사랑해.

너… 나 좋아해?

안녕! 나는 고민을 들어주는 망이야.

음… 누군가가 너를 좋아하는지 궁금하다고?

그럴 때 팁을 줄게.

일단 그 사람의 눈을 지그시 바라보는 거야.

상대방이 얼굴을 붉힌다면 가능성 완전 있어! 완전 있어!

그런데 그 사람이 "뭘 보냐"라고 묻는다면?

빠르게 포기하는 게 좋을 거야.

하지만 "뭐, 뭘 보냐!" 하고 더듬는다면 희망을 가져도 좋을지도?

그런데 네 마음은 확실한 거야?

내가 말한 방법을 너에게도 적용해봐!

눈을 바라보고 네 가슴에 손을 얹어봐.

뛰고 있어? 세차게 뛴다면 인정하자. 사랑에 빠졌다는 걸!

사랑하는 마음을 적어보자!

좋아할 때 나타나는 증상이 있어?
나는 얼굴이 새빨개져. 고치고 싶은데 안 되더라고!

처음 누군가를 좋아했을 때 너는 어떤 사람이었어?
네가 사랑하는 방식을 알려줘!

지금 좋아하는 사람이 있니?
없다면 너의 이상형을 알려줘.

그 사람에게 어떻게 다가가고 싶어?

오늘도 화창한 날씨가 기대됩니다

힘들 때 떠올리는 것만으로 힘이 되는 사람,
한바탕 시원하게 같이 욕해주고
애정을 듬뿍 담아 어깨를 툭툭 두드리는 사람,
같이 있기만 해도 웃음이 나는 사람.
그래, 그렇게 떠오르는 사람이 있다면
오늘 너의 기분은 맑음!

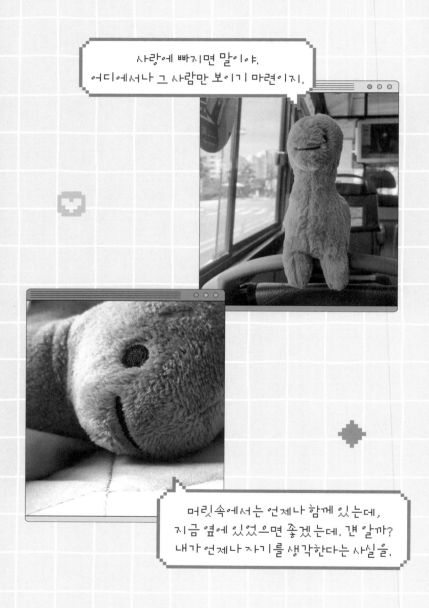

사랑에 빠지면 말이야,
어디에서나 그 사람만 보이기 마련이지.

머릿속에서는 언제나 함께 있는데,
지금 옆에 있었으면 좋겠는데, 걘 알까?
내가 언제나 자기를 생각한다는 사실을.

122

처음부터 하고 싶었던 말

낯선 풍경 속에서 처음 너를 발견하고
눈이 마주쳤던 순간, 온 우주가 멈춘 것 같았지.
고민과 걱정, 불안을 나에게 처음 나눠줬던 밤.
함께 울고 웃고 비를 맞고 땀 흘리던 계절들.
모든 시간의 중심에 네가 있어.
그 사실만으로 나는 이렇게 말할 수 있는 거야.

좋아해, 많이.

좋아해줘

내 모습 그대로 누군가에게 사랑받고 싶지?

그런 사람은 안 나타날 것 같아?

그럼 사랑받고 싶은 사람에게 솔직히 말해보자.

내 모습 이대로 좋아해줄래?

음, 어떻게 해야
효과적인 고백이냐고?

이건 어때?
나 너한테 미, 미미미 미쳤다!

아니면 정중하게,
아아, 여러분 여기 보세요.
제가 이분을 사랑합니다.

그렇지 않다면 여유롭게
우리 애기, 오빠 여친 할래요?

여보세요, 혹시 내 여보세요?

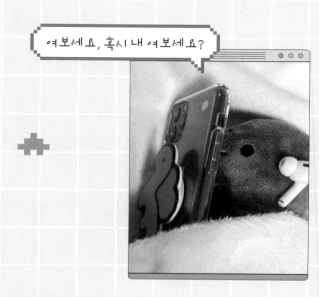

화내지 마, 장난이지~

나의 망한 썸

🦋 미숙했던 썸 경험이나 미련이 남는 사람이 있니?

🌰 왜 미련이 남는 거 같아?

🍀 다시 그때로 돌아가면 잘될 수 있을까?

잘해주고 싶었어

사랑에 빠지면 유치해진다고 하잖아.
좋아하는 사람에게 괜히 투정을 부렸던 적 있어?
좋은 것만 주고 싶고, 늘 행복하길 바랐는데,
'솔직하게 표현할걸' 하고 후회될 때가 있지?
솔직한 사랑은 왜 이렇게 어려운 걸까?

꽉 안아줄래?

그거 아니?
내 손이 존재하는 이유는 네 손을 잡기 위해서고,
두 개인 이유는 너를 꼭 안아주기 위해서라는 걸.
후회 없이 누군가를 꼭 안아주자. 미련 없이 사랑할 수 있게.

달콤한 마음을 줄게

누군가를 좋아하는 마음은
세상에서 가장 예쁜 꽃을 닮았어.
아니, 가장 달콤한 디저트 모양 같아.
사실 그 모두일지도 모르겠다.
어여쁜 꽃에 가장 달콤한 맛을 담은 마음은 어떨까?
행복한 맛만 잔뜩 넣어서 주고 싶은 마음.
오직 그 사람만을 위한 달콤한 마음을 떠올려봐.

사랑한다는 말 대신

사랑이라는 단어를 검색해 본 적이 있어.

"사랑해"라는 말이 사람들의 입에서 나올 때마다 궁금했거든.

무슨 뜻이길래 다들 저렇게 예쁜 미소를 지으며 말할까.

물론 누군가는 슬퍼하며 말하기도 했지만,

대부분 무척 기분 좋아 보였어.

사랑이라는 단어는 신비한 힘을 갖고 있구나 싶었지.

그러다 놀라운 걸 발견했어!

사랑이라는 단어를 말하지 않으면서도

비슷한 표정을 짓는 사람들이 있더라.

오늘 뭐 했어? 밥은 먹었어? 좋은 꿈 꿨어? 나 보고 싶었어?

쏟아지는 물음표마다 담겨 있는 사랑의 표정을 봤을 때 나는 생각했어.

이 모든 물음표가 사실은 마침표구나.

"너를 사랑해"라는.

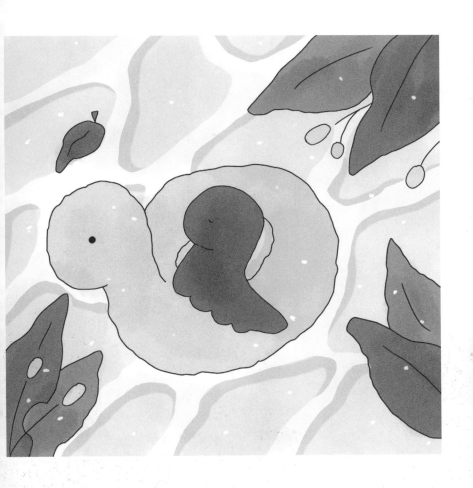

진짜 진짜 좋아해.

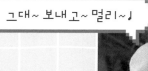

흐린 기억 속의 너를…
이제 보내야겠지….

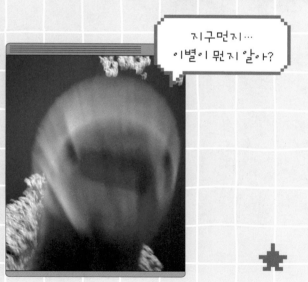

지구먼지…
이별이 뭔지 알아?

145

지난 뒤에

사랑할 때는 세상의 달콤한 고백 노래가

모두 내 이야기 같았어.

어떻게 우리가 사랑에 빠지게 된 걸까?

그 어떤 미스터리보다 신비로웠지.

그 어떤 연인보다 특별한 운명 같아서

이별이란 우리 사전에 없는 단어 같았는데.

어느 순간 우리를 둘러싼 배경음악이 다르게 들리는 거야.

청량감 넘쳤던 여름날의 사랑 노래가

황량한 겨울의 이별 노래로 바뀐 걸 너무 늦게 알았어.

지금 네 주변에는 어떤 노래가 흐르고 있니?

부디 너무 아픈 노래는 아니었길 바라.

네가 하는 말이면

나는 말이야.

네가 하는 말에는 무엇이든 동의하고 싶었어.

사랑한다는 말이 아니었더라도 나는 너를 존중했을 거야.

그래도 가끔은 후회될 때가 있어.

내 마음이 가는 대로 좋아해볼걸.

솔직하게 사랑해볼걸.

예쁜 기억만 주고 싶어

서로 사랑했던 기억을 지운 연인들 이야기 알아?

기억을 지웠는데도 다시 사랑에 빠졌대!

천생연분인가 봐. 다시 만날 거면 왜 지웠대!

아마도 두 사람은 기억을 전부 지워서 다시 사랑에 빠진 것 같아.

나쁜 기억만 남겨뒀다면 다신 안 만났을지도 모르지.

그쪽으로 침도 뱉었을걸? 퉤퉤!

그게 아니라면 기억은 전부 지워도 사랑은 지울 수 없었던 걸까?

좋은 기억도, 나쁜 기억도

사랑 앞에서는 다 예쁜 추억이 되어버리는 것처럼 말이야.

그냥 후회하기 전에 잘해줄 수 있다면 좋을 텐데.
사람들은 항상 생각나는 대로 말해놓고는
집에 가서 후회하는 거 같아.
그런데 후회하는 마음을 상대방은 모르잖아.
이미 난 상처가 아무는 데도 시간이 걸릴 테니 말이야.
그러니 지금 곁에 있는 사람을 충분히 아껴주자.
울다 웃지 말고, 웃고 웃자.
설령 함께할 수 없을 때가 와도,
언젠가 좋은 추억으로 돌아볼 수 있도록.

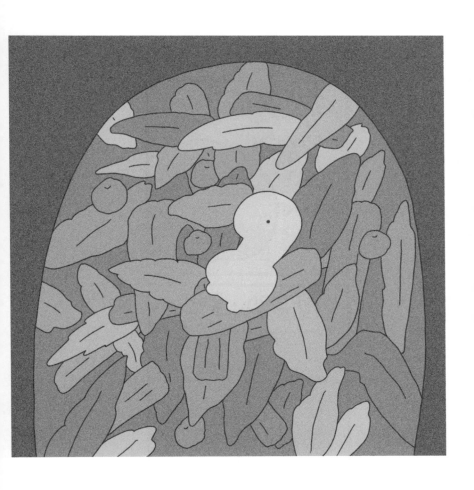

그때는 미처
몰랐는데 말이야

내 안에 가득했던 여러 마음을 기억해.
그런데 시간이 많이 지난 지금은
딱 하나만 남아 있어.
더 많이 말해줄걸. 더 자주 표현할걸.
진짜 진짜 많이 사랑한다고.

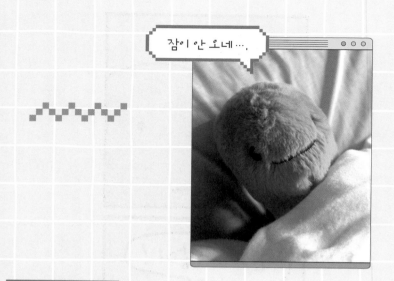

지금 시간이… 새벽 2시….

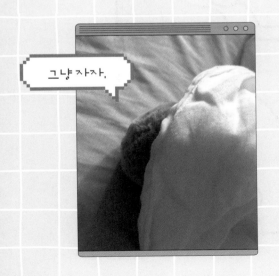

그냥자자.

보고 싶다

"자니?"라고 문자 보내고 싶어?
꼭 연락하고 싶으면 아침에 일어나서 생각해보자.
새벽 감성을 이겨내고 일단 푹 자보는 거야.
아침에 일어났는데도 보고 싶다면 진짜 감정인 거 인정!

상처받았을 때 대처법!

안녕! 나는 상처를 먹어주는 탕이야!

내 이름 멋지지? 탕탕탕!

네 상처를 낫게 해주는 데 나만한 수호공룡 없을걸?

총 맞은 것처럼 아팠던 상처는 잊어!

넌 이제부터 우주 최고의 명사수인 나의 수제자가 될 테니까!

내 꿀팁이 뭐냐고?

네게 상처를 줬던 장면을 떠올리고 별사탕을 쏘는 거야!

탕탕탕! 클리어!

장면을 떠올릴 때마다 별사탕을 한 바가지 쏘는 거지!

별사탕이 너무 과분하면… 똥을 쏴도 되고! 하하!

똥 투척! 바로 명중!

어때? 속이 다 시원하지 않아?

상처를 지워보자!

크게 상처받은 기억이 있니?

그 사람에게 뭐라고 하고 싶어?

그때의 너를 만난다면 뭐라고 말해주고 싶어?

자기야~ 나 어때?

너무 예뿌당~

사랑은 여행?

사랑이 여행 같다는 생각이 든 적 있어?
낯선 곳에서 조금씩 적응하는 내 모습이
꼭 사랑할 때의 내 모습 같기도 해.
비 오는 날 길을 걸을 때도
혼자서는 척척 걸어가지만
옆에 누군가가 있다면 우산을 같이 쓸지, 따로 쓸지,
발은 어떻게 맞춰서 걸을지 고민해야 하잖아.
어쩌면 사랑이란 낯선 누군가를 배우면서
조금씩 익숙해지는 과정일지도 몰라.

그런데 우리는 익숙함을 따분해하기도 해.

매너리즘에 빠져 지루해하다가

새로운 곳으로 훌쩍 떠나버리기도 하지.

그리고 먼 곳으로 떠나온 어느 날 문득 향수병에 걸리는 거야.

마음이 참 야속하다는 생각도 들어.

이미 멀어진 뒤에야

누군가가 너무도 그리워지니까.

왜 우리는 무언가를 뒤에 두고 갈 수밖에 없는 걸까?

자라는 만큼, 멀어질 때가 있어.

엇갈린 운명, 사랑, 그것이 인생이다.

두려워하기 전에 먼저 해볼 것

지구먼지는 영원한 사랑을 믿니?
다들 영원한 사랑을 꿈꾸기에 항상 걱정해.
또다시 엇갈릴까 봐 두렵다나.
그렇다고 아무것도 안 할 수는 없지.
엇갈리면서도 나아가는 것이
새로운 이야기의 시작 아니겠어?
두렵고, 슬프고, 발걸음이 떨어지지 않아도,
계속 만들어가는 거야.

그래, 가끔은 그냥 흐르는 대로
사는 것도 좋은 거 같아.

지난 기억도 나름대로 예뻐.
시간이 지날수록 예쁜 빛깔을
가지게 되지, 꼭 노을처럼.

돌아서는 발걸음에 힘을 싣자.

천천히, 오래 무르익을 수 있도록.

행복했어, 진짜로.

사랑은 참 어려워. 마음처럼 안 되는 걸 알면서도
꼭 마음처럼 되기를 바라고 투정 부리고 떼쓰게 돼.

나도 모르는 마음을 남이 알아주기를 바라지.
꼭 수수께끼를 내는 것처럼.

시간이 흐르고 나니 그 마음이 뭐였는지 알 거 같아.

"좋아해. 너도 나를 좋아해 줄래?"

03

힘든 세상-
그냥 살아봅시다

POSITIVE
ENERGY

오늘부터 운동이다!

지친 하루를 뒤로하고~

petty_dust

뭘 봐? 인생 즐기는 사람
처음 봐?

먹고 죽은 귀신이
배부르다!!

petty_dust

왜? 아무것도 안 했는데
하루가 갔다고?

새삼스럽게 뭘 그래
원래 하루는 가는 거야.

잘 생각해봐

어때? 갓생 살고 있니?
돈이 제일 중요한 건 아니지만
중요한 건 돈으로 살 수 있지!
우선은 열심히 살아보는 거야!

누가 나한테 명령 좀 해줘!

아무것도 하기 싫고 귀찮을 때는
누군가 뿅 나타나서 나한테 명령했으면 좋겠다 싶어.
운동할 시간입니다! 일할 시간입니다! 양치할 시간입니다!
세상에서 가장 어려운 것, 그것은 바로 자기 관리.

일하기 전에는 카페인!

커피만 마시면 섭섭하니까
빵도 먹어!

고생했으니까 고기도 먹는다!

어서 오세요, 마무리는
디저트로 하실게요.

저는 지금 매우 신납니다.

하고 싶은 것

하고 싶은 걸 떠올려보자.

지금 가장 원하는 게 뭐냐고 묻는다면

나는 아마 자는 거! 먹는 거!

그런데 앞으로 하고 싶은 일이 뭐냐고 묻는다면

잠은 아닐 거 같아.

그렇다고 꿈이 있는 건 아닌데도 말이야.

왠지 누군가와 앉아서 노을을 바라보는 이미지가 떠올라.

그렇게 편안하고 행복하고 싶은가 봐.

이걸 내 꿈이라고 할 수도 있을까?

나의 꿈은 뭘까

🌱 언젠가 이루고 싶은 꿈이 있어?

♣ 그냥 원하는 미래를 생각해 보자.

🫐 그걸 위해 해야 하는 게 있어?

(나름 진지하게 고민하는 중)

고민할 게 참 많구나!

아기 같은 사람

어릴 때는 하고 싶은 것이 많았는데
이제는 하기 싫은 것, 해야 하는 것만 있다고?
하기 싫으면 안 해도 되는 거 아니야?
그런데 꼭 해야 한대. 그런데 하기 싫대.
이게 무슨 말이야! 이해하기 참 어려워.
그래도 지구먼지,
내가 보기에 우리는 아직 아기야.
가끔 넘어지고 실패하고, 울다가 웃고,
그렇게 조금씩 자라는 중이니까
오늘의 너는 내일의 너보다 아기라고!
그러니 우리 아기 하자!

왔어요, 우리 아기? 오늘은 아기해요.

누가 뭐래도 최고가 될 거야!

실수해서 혼날 수도 있지 뭐!
잘못해서 일을 망칠 수도 있지 뭐!
이미 욕도 먹고 혼도 났다면 다음에 잘하면 되지 뭐!
누가 뭐래도 열정이 최고라고! 결국 잘할 거라고 뭐!

인정할 건 인정하자!

힘들다고 징징대면 어때?
괜찮다고만 하면 쉽게 지친다고!
힘들다고 울고불고 좀 하다가
언제 그랬냐는 듯 털고 일어나면 돼.
그러니 일단 좀 울자!

매일매일 힘들지만

오늘도 이겨낸다!

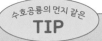
외로움을 이기는 방법!

안녕… 나는 외로움을 먹어주는 룡이야…!

말투가 왜 이러냐고? 나는… 외로움이 많아서 그래….

반복되는 일상에서 문득 외로움을 느낀다고?

그럴 때는 말이야….

제일 좋아하는 사람에게 전화를 걸어.

뭐 어때. 그냥 걸어.

그리고 보고 싶어서 전화했다고

솔직하게 말해.

외롭다고, 힘들다고.

그러다 보면 언젠가 외로움이 흐릿해질 날이 올 거야.

그래도 너무나 외롭다면 나가서 5분만 뛰어보자.

외롭다는 생각이 후드득 떨어져버릴 거야.

외로운 마음을 없애보자!

외로울 때 뭐 해? 친구에게 연락을 하거나,
연락처를 뒤적이거나 말이야.
(그럴 때 연락하면 큰일 나는 거 알지?)

어떤 사람이 곁에 있으면 좋겠어?

사는 게 참 쉽지 않아.

숨만 쉬는데 돈이 나가.

머엉 때리기!

할 일도 많은데 이런저런 생각으로 눈앞이 어지럽다면
잠깐 아무 생각도 하지 않는 건 어때?
복잡한 생각으로 지끈지끈 두통이 올 것 같다면
잠시 멍 때려보는 거야.

천천히 가도 괜찮아

분명 같은 곳에서 동시에 출발했는데,
나만 뒤처진 것 같은 기분을 느껴본 적 있어?
나도 열심히 달렸는데,
누구보다 최선을 다한 것 같은데
왜 아직도 이 자리에 있는 거지?
네 시선이 어딜 향하고 있는지 다시 점검해 봐.
다른 사람의 뒷모습만 쫓고 있는 건 아닌지 말이야.
정확히 네 목표만을 본다면 느리다는 생각은 안 들걸!
눈앞에 네가 해치워야 할 것들이 쏟아져 나올 테니까!
OMG! OMG!
늦지 않았어. 천천히, 네 속도에 맞춰 너만의 길을 가도 괜찮아.

내일 걱정은 내일의 내가!

한번 시작하면 멈출 수 없는 걱정이 있니?

계속 생각하면 해결책이 뿅 하고 나타날까?

쉽게 답을 찾을 수 있는 고민이었다면 진작 끝났겠지!

우선 고민의 꼬리를 잘라보자.

걱정은 STOP! 오늘은 여기까지!

그냥 잘 지내면 돼

사람들이 무언가를 시작하기 전에 꼭 하는 게 있더라.

바로 계획표 만들기!

그런데 처음에는 의욕이 넘쳐서 열심히 계획을 따라가다가

어느 순간 오늘 목표를 내일로 미루더라고!

그렇게 눈처럼 불어난 숙제에 파묻혀 계획은 망가지고

결국 도전도 실패한 것처럼 포기해.

그런데 말이야. 계획을 꼭 지킬 필요가 있을까?

하고 싶은 만큼만 해도 되잖아!

단어 1개만 외우고 1분만 걷고!

일단 하면 성공한 거 아니겠어?

하기 싫은 일을 해야 할 때는 목표를 최소한으로 잡는 거야!

어때, 좋은 방법이지?

오늘 하루는 네가
편안했으면 좋겠어.

자신감을 가지고 살아.
넌 그럴 자격 있어.

아프지 말고, 밥도 잘 챙겨 먹어.

멀리 있어도 너를 응원할게.

걱정하는 일이
현실이 된다면?

걱정하는 일이 실제로 일어난다면 어떻게 될까?
내일 당장 지구 종말이 일어나는 수준이 아니라면,
금방 털고 일어날 수 있을 거야.
이겨내는 거 사실 별거 없다!

지금이 좋은 이유

과거로 돌아간다면 누구나 바꾸고 싶은 것이 있겠지?
그런데 지금 너의 모습이 다 바뀌어버린다면 어떨까?
어쩌면 이대로도 괜찮을지 몰라.
울던 기억도, 웃던 기억도 모두 기억인걸. 내가 만들어온 삶인걸.

우정, 나를 있게 한 사람들

나는 그냥 네 걱정을 먹기 위해

네 곁에 왔는데 말이야.

어느 순간 너는 내게 가장 중요한 사람이 됐어.

마음이라는 건

내가 주겠다고 결심해서 줄 수 있는 게 아닌가 봐.

나도 모르는 사이에 이미 너에게 전해진 것 같아.

나 또한 너에게서 받았어.

너의 이야기들이

마음 한구석을 가득 채웠지.

친구란, 서서히 서로에게 스며들며 발전하는 거구나.

그러니 지구먼지! 우리 우정 포에버!

나냐우리는 함께!
나냐우리는 함께!

었었다.

지나간 사람

🌱 한때는 친했는데 멀어진 친구가 있어?

✤ 왜 멀어졌어?

💬 보고 싶다면 먼저 연락해보는 건 어떨까?
오랜만에 연락할 때는 계기가 필요하잖아. 내 핑계를 대봐!

🌷 생각지도 못한 사람에게 위로받은 적 있어?
어떤 말이 위로가 됐어?

어른이란

지구먼지는 10년 뒤 자신의 모습을 궁금해한 적 있어?
서른 살, 마흔 살의 내 모습은 어떨까?
나는 미래의 내가 지금의 나와 똑같을까 궁금해.
어떤 알 수 없는 일이 생겨서
무언가 크게 바뀌게 될지 궁금하더라고.
조금은 겁도 나.

어릴 때는 말이야. 빨리 어른이 되고 싶었어.

자유롭게 어디든 가고 싶었거든.

내가 하고 싶은 걸 마음껏 하고 누구도 나에게 뭐라고 하지 않는 삶!

멋있잖아! 생각만 해도 신나는데!

그런데 막상 크고 나니까 어린 시절이 그리운 건 왜일까.

그때는 주변을 둘러싼 울타리가 나를 가두고 있는 것 같았는데

돌이켜 보니 나를 지켜주기 위해 노력한 흔적 같아.

나이가 든다는 건, 나를 지킬 울타리를 스스로 만드는 거였어.

튼튼하고 능숙하게 만들기까지는 오랜 시간이 걸리더라.

어른들이 항상 말하잖아.

"나이 들면 무슨 말인지 알게 될 거야."

그런데 난 알고 싶지 않았다고! 이젠 나이 들기 싫다고!

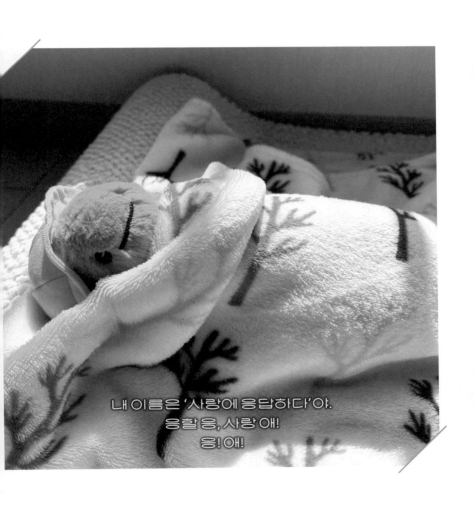

내 이름은 '사랑에 응답하다'야.
응할 응, 사랑 애!
응! 애!

먼스… 아니 인생, 쉽지 않지?

진짜 어른이 되면

🌱 어른이 되면 제일 하고 싶은 게 뭐야?
어른의 시간이 훨씬 기니까 언젠가는 꼭 할 수 있을 거야.

🍀 가장 돌아가고 싶은 어린 시절은 언제야? 그때로 돌아간다면 뭘 해보고
싶어? 지금도 할 수 있는 거라면 해보자!

☁️ 나이가 들수록 와닿는 어른들 말은 뭐야?

🌷 그래도 여전히 이해 안 되는 말도 있지 않아? 그 말은 틀렸어요!
당신은 틀렸어요! 적어볼까?

두려움을 이기는 방법!

안녕! 나는 너의 두려움을 먹어줄 몽이야! 몽몽!

두려움은 누구에게나 있어.

특히 미래에 대한 두려움이 있지.

그 안에는 꿈도 있고 사람도 있고 무척 다양해.

두려움을 이기는 방법을 알고 싶어?

그건 말이지, 두려움을 미루는 거야.

오늘 말고 내일, 그리고 또 내일로 미루다 보면

언젠가 두려움이 희미해질지도 몰라.

내일은 내일 고민하기, 오늘을 살아내기.

만약 그게 어렵다면, 지금을 즐길 수 있는 것을 찾아보자.

자전거 타기, 영화 보기 등!

그 시간이 쌓여 만들어질 너의 미래는 어떤 모습일까?

나는 벌써 기대되는걸?

10년 뒤의 나

10년 뒤의 내 모습은 어떨까?
오랜 시간이 지나도 그대로였으면 하는 내 모습은 뭐야?

닮고 싶은 사람이 있어?
롤모델 같은 사람! 주변 사람도, 연예인도 좋아!
1. 외면을 닮고 싶은 사람

2. 내면을 닮고 싶은 사람

POSITIVE
ENERGY

10년 뒤의 나에게 편지를 써보면 어때?

우리 모두 행복할 거야.

예전에는 내가 품고 있는 걱정과 고민을
어떻게든 사라지게 하고 싶었어.

쉽게 떨쳐내지 못하는 자신을 미워하기도 하고
왜 이겨내지 못하는 걸까 자책도 했는데 말이야.

어느 순간 알았어.
살아가는 데 공기가 필요한 것처럼
인생에서의 고민도 마찬가지야.

나를 성장시키고 살아가게 하는 원동력이었던 거야.

그러니 더 이상 두려워하지 않을래.

고민하는 내가 좋아.

에필로그

숙면을 빌어요 ~

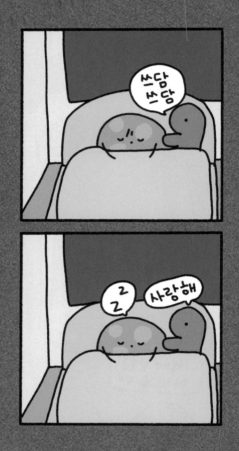

걱정은 여기,
머리맡에 잠시 놓아두고
오늘은 푹 자자.
잘 자자.
네가 언제나 행복하길.
꿈속에서도, 머나먼 미래에서도.

KI신서 11213

나는 걱정을 먹어주는 우주먼지야!

1판 1쇄 인쇄 2023년 11월 29일
1판 1쇄 발행 2023년 12월 13일

지은이 백채린
펴낸이 김영곤
펴낸곳 (주)북이십일 21세기북스

콘텐츠개발본부이사 정지은
인생명강팀장 윤서진 **인생명강팀** 최은아 강혜지 황보주향 심세미
디자인 ALL designgroup
출판마케팅영업본부장 한충희
마케팅2팀 나은경 정유진 박보미 백다희 이민재
출판영업팀 최명열 김다운 김도연
제작팀 이영민 권경민

출판등록 2000년 5월 6일 제1406-2003-061호
주소 (10881) 경기도 파주시 회동길 201(문발동)
대표전화 031-955-2100 **팩스** 031-955-2151 **이메일** book21@book21.co.kr

ⓒ 백채린, 2023
ISBN 979-11-7117-168-2 03810

(주)북이십일 경계를 허무는 콘텐츠 리더

21세기북스 채널에서 도서 정보와 다양한 영상자료, 이벤트를 만나세요!

페이스북 facebook.com/jiinpill21　　　**포스트** post.naver.com/21c_editors
인스타그램 instagram.com/jiinpill21　　　**홈페이지** www.book21.com
유튜브 youtube.com/book21pub

서울대 **가**지 않아도 들을 수 있는 **명강**의! 〈서가명강〉
서가명강에서는 〈서가명강〉과 〈인생명강〉을 함께 만날 수 있습니다.
유튜브, 네이버, 팟캐스트에서 '서가명강'을 검색해보세요!